AF390144

COUDRIN– l'enfant noir

LA MALADIE MYSTÉRIEUSE EPISODE 3

 MISE EN GARDE

les livres de la collectiON
ENFANT NOIR peuve contenir
des scène de violence physiques
moral et séxuelles nous rappellon
au lecteur et lectrice que
cette collection et destiné
a 1 public majeur et responsable
la marque ENFANT NOIR et pas
 tenu responsable de vaux
achat et ne peut en
aucun cas être poursuivie

CHAPITRE 1 arrivée des dossiers

DR LEMOINE ils ya des partient qui font
arrivé dans moin de 25 minutes.VOICI les
dossiers ils ont des symptômes aucune
maladie connu et apparemment familles
ce sont 2 totalement différente et ça
ne touches que des garçons en tous cas ils
ya des symptôme totalement différent
les 4 garçons ont déjà contaminé d'autres
garçons de leurs propre familles ils ya pas
mal d'hôpital qui ont renoncé malgrés
tout les teste et les examens sont faits
sur ces garçons.Combien dois t'il arriver
en tout.Avec les contaminations
supplémentaires on en est a 10 garçons
dont 5 qui sont placés en famille d'accueil
.Bonjour la paperasse

CHAPITRE 2 ARRIVÉE des partient

OU la 10 partient amenez les en
salle aseptique.BIEN dr LEMOINE
LOUFF demandé au dr POULAFFE

de venir me rejoindre en salle b 1 je
croix que je vais être de corvée
ce soir et demain soir et demain
soir et demain soir.PARDON.cher confrère
mais je peux te donner 1 coup de main je vien
de finir ma partie de ma paperasse.SANS
problème pas contre j'espère
que tu aime les papiers jaune et blanc.

(LE LENDEMAIN BUREAUX DU GRAND PATRON)

Bien sa sera 3 équipes d'infirmiers
et d'infirmières qui tourne sur 1 mois
ensuite ils seront transférés à SéNé
dans le MORBIHAN
à la clinique Jeanne LE RET ils dispose de matérielle
plus performant et sur tous on aura l'avantage financier ci
dans 1 mois on ne trouve pas la source on devra les transférer.

CHAPITRE 3 premier examen

ALOR Voici les 5 dr LEMOINE
dr POULAFFE DR MAXIME DR
THOMAS et en mode télétravailleur
LE DR LE RET lui bosse en
angleterre et ils s'occupera de surveiller
 les analise sanguins des partiens et
pour plus de simplicité LE DR PALAUD de
la clinique POIREAUX sera avez
vous des demain.MERCIE
sophie bien on ne vous présent pas
MADAME la lavande
MADAME la tulipe MADAME la perce-neige
 et MADAME la marguerite Bon
on vous prévient ils ya u 1 changement
au final seuils 1 équipe d'infirmières
 s'occupera de vous toutes les autres sont
indisponible elles sont réquisitionné
dans les autres service pour contenir
la 5ème VAGUE de COVID-19.EN tous cas ci la
clinique JEANNE LE RET et la clinique JEANNETTE LE RET
on devoir pousser les murs.DÉSOLÉS mesdames mais
ils faut mieux que les partis peut conter sur eux pour

prendre la relève moi ça me va si les
malades continu de monter on sois
au courant.BON on comment pas les
prise de poids infirmières on vous laisse
faire les examens simples on s'occupe des gros examens.

A TOUS TA L' HEURE

CHAPITRE 4 résultats analyse

YO les gars alor vaux résultat de la
semaines dernière nous sont parvenu
après pas mal de diagnostics et des radio
on vous informe que ci vaux résultat
reste comme ça encore 2 ou 4 jours
vous serez renvoyés dans vaux familles
respective sauf tous les 5 vaux résulta
son inquiétant DR ils sont d'autres
problèmes les résultat d'urine et de sang
de ce matin c'est mauve et on remarque
que les résulta montre des élément bizarre
 dans le sang en tous,CAS on n'a
aucun moyen de l'identifier.MERDE
 ramené les partient en salle aseptiques
 et refaite des examen approfondi et essayé
 de   retrouvé d'autres traces

(3 jours plus tard)

DR ils les ont toutes développé mais ils
ya 1 autres problèmes 6 sont dans 1 coma
 artificielles.MERDE sa fait
3 semaines comme
ça fait qu'on ne trouve aucune

solution a la fin ils nous reste que
4 jours avant de les transférer à séné.BON je
souhaite vérifier tout ce qui ont
 mangé la liste complète.BIEN DR

CHAPITRE 5 FIN DES RECHERCHE

BON on na fait tous les chemin et diagnostique

on avance on recule.LES
partient part demain
 a la clinique JEANNETTE LE RET
 ils sont de la
place et en plus ils sont
reçu des partient venant
d'angleterre et d'espagne.
BIEN DR LEMOINE
 préparer les pour le départ
ils dois être près pour 8h30

(LENDEMAIN 8H30)

SOURIEZ vous partez en bretagne avec
 1 peu de chance vous verrez la
mer et les zone de perche
 préservé sur les île du morbihan
en tous cas vous allez rencontrer d'autres
 partis qui ont les mêmes symptôme que
 vous et peut-être aussie trouvé
des médicalement adapté à vaux maladie

.

CHAPITRE 6 ARRIVE A DESTINATION

BONJOUR ALOR comment c'est passée
 le voyage.TROP dur surtout tous que les
gens ne roule pas sur la route bon je vous
accompagne dans votre suite privée.A on
dort sur place je suis responsable pour savoir
si vous être prêté ou non pour prendre la je
 vous demande route et puis pas votre avis
en tant que médecin en chef je ne peux vous
 laisser reprendre la route allée suivez moi je
vous prévien les équipements sont neuf dont
normalement vous n'aurez aucun problème
pour dormir la vous avec des matelas pour
personne qui ont des problèmes de dos.

CHAPITRE 7 positivité

YO les nouveaux partien bonne nouvelles les
partient anglais et espagnols sont en pleines
forme grâce au nouveaux médicalement

(MAMAN MAMAN)

Allez p'tit diable numéro 1 dans mes bras
alor tu veux aller dans qu'elle chambre
aseptique et oui tu a le choix avec ceux
qui vient d'angleterre d'épargne ou de bourgogne

(MAMAN)

 bon j'ai compris tu veux rentrée remarque
il est 19 h 30 allée salle de pause va dans
la 3 les autres p'tit diables dois i étre.ALLÉE
 MUDOUME toi te recherché par tous allés.
 ALLO p'tit diable numéro 1 je te cherche
depuis 2 heures tu et pénible allée dans
mES BRAS (MAMAN)

Tien SÉBASTIEN LE RET voilà les dernières analyse

(LENDEMAIN MATIN)

BON les partient espagnols sont retourné
chez eux ainsi que les anglais ils ne reste
que vous 10 bon je pense qu'une bonne s
éance à la piscine vous ferais tu bien allés discrétion la piscine

        CHAPITRE 8 OUFF

bon les 6 p'tit diables on vous les laisse
 la piscine intérieur ce matin on va faires
 des consultation on ne sais pas a qu'elle
heure on revient allée a tous ta l'heures
 l'équipe ANGEVIN vient vous aider dans
 moin de 3 minutes

(GHROUM)

 ALLÉS les jolies garçons direction et

oui.LES 6 p'tit diables dans le calendrier
c'est la piscine intérieur noté jacousie et
suppositoires allés la piscine intérieur
 direction le jacousie pour les 10 malades
 les p'tit diables et en plus c'est nous qui
font les papiers et oui chacun son taf.
 ALLÉS dans nos bras les p'tit diables
numéro 1.2 et 3 les 3 autres p'tit diables
 vous avez le droit d'aller dans le jacousie.

 (3 JOURS PLUS TARD)

ALOR les 6 p'tit diables comment sa
 c'est passée hier en tous cas vous avez
réussie à rester tranquille je pense que vous
préparer des mauvais coup en tous cas cette
nuit vous s'étre resté sage allez on vous laisse
 allée chez MADELEINE PALAUD nous
on s'occupe dès 10 partient qui viennent de
 Bourgogne.J'ESPÈRE que vous aver pas u
 des relation séxuélles avec eux les gars en
 tous cas je vous   trouve bizarre d'être sage aujourd'hui

GHROUM.

SÉBASTIEN LE RET

on ne peut pas les punir à chaque fois
qu'ils soigne des partient la sa va ils
 n'ont pas eu de relation séxuélles aver
 10 partien de bourgogne la preuve
on n'a aucune vidéo qui les montre en
pleine action séxuélles et oui les mini
 caméra installé près du jacousie on
 rien révélé pas contre l'équipe ANGEVIN.

CHAPITRE 9 felicitation

BRAVO équipe ANGEVIN pour
1 fois que vous avez pas de relation
séxuélles aver les partien et en plus
vous s'être resté calme en verre les

6 p'tit diables on vous félicite pas contre les
suppositoires était destiné au 10 partien qui
vienne de bourgogne en tous cas vous avez
 fait 1 très bon travaille équipe ANGEVIN
on vous renvois dans l'auberge
LES 2 JUMEAUX BOSSEUX

GHROUM

les voilà partie on va pouvoir
s'occuper des équipe ENCRE NOIR
et l'équipe LES 6 DIABLOTINS

 GHROUM

voila mes p'tit soldat et les
 grand pompiers parfait en
uniforme ça tombe bien on va
pouvoir travailler 3 fois plus vite
maintenant que vous s'étre la par
contre on vous prévient les gars les
autres équipes prioritaires son
passée MUDOUME je te rappelle qu'ils

reste les ÉQUIPE

ANGE NOIR

LES 4 JUMEAUX MALÉFIQUE
 ET LES BEAUX GOSSES.

CHAPITRE 10 effet secondaires violent
LES garçons.OUI ma chérie je vien de
finir les analise des 10 partiens qui vienne
de bourgogne leurs maladie et purement
génétique donc impossible de faires disparait
cette saloperie pas contre ils sont des résidu
de matière violette et je ne sais pas d'où ça
vient je crains que les 6 p'tit diables ai utilisé
leurs pouvoir de guérison sans notre accord
dont ils faudra leurs dit merci je pense qu'ils
font faire 1 crisse dans pas longtemps   OK

GHROUM

AHHHHH AHHHHHH ET merde les 6.A la

prioritaires son
passée MUDOUME
je te rappelle qu'ils
reste les ÉQUIPE ANGE NOIR

EQUIPE

LES 4 JUMEAUX MALÉFIQUE ET LES BEAUX GOSSES.

CHAPITRE 10 effet secondaires violent

LES garçons.OUI ma chérie je vien
de finir les analise dès 10 partien qui
vient de bourgogne leurs maladie et
purement génétique donc impossible
de faires disparaitre cette saloperie par
contre ils sont des résidu de matière
 violette et je ne sais pas d'où ça vient
je crains que les 6 p'tit diables ai utilisé
 leurs pouvoir de guérison sans notre
accord ils faudra leurs dit merci je pense
 qu'ils font faire 1 crisse dans pas longtemps OK

GHROUM

AHHHHH AHHHHHH

ET merde les 6.A la fois on et que 3

PAF PAF PAF

PAF PAF PAF

PAF PAF CLIC

CLIC PAF PAF

PAF PAF BOF

BOF allés les p'tit diables venez
vous battre 6 contre 6.MÈRE ne resté
pas la MERCIE équipe
LES 4 JUMEAUX MALLÉFISK CLIC

CLIC PAF PAF

BOF BOF PAF

PAF EQUIPE FUSION

 ICI LK pouvez vous foncé chez
MADELEINE PALAUD LK ICI P'tit
moine BRAS DE FER ANUBIS et
 FUSION sont sur place.MERCIE

HUM HUM HUM

HUM CLIC CLIC

Voila les gars vous pouvez prendre les
6 p'tit diables désinfecter.OUI en tous
cas cette fois ils sont allés 1 peu fort
dans les bagarres on va avoir pas mal
de chose a remplacé ENFIN
 c'est le risque de notre métier.

CHAPITRE 11 CÂLIN CHEZ MADELEINE PALAUD

GHROUM

ALLES les 6 p'tit diables   bon on passe
la matiné avec vous mais on
vous prévien pas de comédie hein
MADELEINE PALAUD BONJOUR
 équipe LE RET allor vous resté avec
 moi toutes la journée mais ai je le choix

.

BONNE ANNIVERSAIRE
      MADELEINE PALAUD

NON je me suis fait encore AVOIRE mais c'est
pas vrais qui vous la dit NUMERO 3
votre fils qui et muet et oui on comprend
 le muet pas tous mais 1 bonne partie.A
 je vois il et vrais qu'ont c'est encore
engueulés mais il a raison sur le sujet
en question.LA famille c'est toujour trés
compliqué sur tous les enfants les plus
vieux on n'en a pas mal dans la clinique
en ce moment des tentative de suicide et
des tentatives de meurtres en ce moment
 il y a pas mal de personnes mineures.

CHAPITRE 12 CONSTAT

GHROUM bon les 6 p'tit diables

vous allée à la dourches et au lit et
oui il et 12h56 dont vous avec environ
34 minutes avant d'avoires des
 suppositoires pour adultes PLOUFF
Les voilà partie pratique ces méthode
d'éducation MADELEINE PALAUD
a des idée pas moment trop excellent
en tous cas j'apprécie beaucoup ces
idée en ce moment.PAS contre elle
bois beaucoup de rosé pamplemousse
et de jus de citron mais elle a raison ça
fait du bien au 6 p'tit diables de boire des
jus de citron et de pamplemousse.D'ailleur
cette nuit on a dormi chez MADELEINE
PALAUD TA raison ils sont super bien
dormir sans aucun problème même pas
de cauchemar ou de crise de colère je suis
 impressionné en espérant qu'on
puisse dormir cette nuit.

CHAPITRE 13 DOUCHES FROID

ALLES les 6 p'tit diables a la douche
pas contre le chauffe-eau a rendu l'âme
 pas grave le 2ème fonctionne et oui
que vous les vous voilà ceux qui se
passe quand on vous demande d'aller

plus souvent à la dourches c'est pas
pour vous embêter c'est pour tirer de
 l'eau chaud dont vous utilisé que
de l'eau froide aujourd'hui

 (15 minutes plus tard)

 le chauffe-eau et en panne on
s'occupe du chauffe-eau.ALLER
à la dourches. Alors les 6 p'tit diables
 voilà vous s'être propre allée déjeuner
et allée ouvrir vaux cadeaux d'hiver et oui
les cadeaux de février. PLOUFF Les voilà
partie déjeuner.ILS font être en colère
sur tous qu'ils s'aime pas les suppositoires
pour adulte.MUDOUME.ON va prendre
 les douches heureusement qu'il y a 3 dourches.

(25 minutes plus tard)

 ALLÉS ils font avoire pas mal
 de cadeaux et en plus ils dorme
cette nuit chez l'équipe PALAUD
avec leurs nouvelles chemises de
nuit sont mignonnes en poulet.
 ALLEE tien prend les 2 boites de suppositoires
pour adultes ils font avoires mal
mais c'est pour leurs   bien

chapitre 14 énerve

 STOP les 2 DIALECTE   et les
4 numéro 9 vous coussin font
être très en pétard ils auront des suppositoires
vert 10 h et devraient arriver à.

GHROUM

BONJOUR les 6 p'tit diables
 allez venez je vous accompagne
à votre chambre pas de caprices
les 2 DIALETE et les 4 numéro 9
vous attend et ce soir vous aurez le
droit d'aller   dans le jacousie pour vous
détendre avant les vidanges a 15h 35.

SA va on c'est équipe de machine
comme ça vous aurez plus de temps
pour vous reposer après les ponction
anal.BASTIEN on avais dit qu'on leurs
 frais la sur prise.SEBASTIEN je ne
 pense pas qu'ils veulent qu'on farce les
 ponctions manuellement et puis ils sont
soulagé dont ci on peut éviter des caprices
 c'est toujour mieux que rien.PAS FAUT

chapitre 15 SOIRÉE POULET SAUTÉ

LES 4 numéro 9 et les 2 Dialecte vous
oublié pas ce soir soirée poulet sauté vaux
 coussin son 6 et vous s'être 6 contre 6
dont voici les boîtes de préservatif vous
 s'étre les maîtres ils sont les vaux jouét
séxuélles uniquement   pour ce soir donc
 pas de   paniques vous s'être seuil avec
eux ce soir on les   emmène à la vidanges
automatique et on pars à l'hôtel pour les
papiers vous appelle ANUBIS et BRAS DE FER
en cas de problème et bien entendu ils sont
 au courant de la soirée poulet dont ils seront
content de venir vous prêter mains fortes

(A TOUS TA L' HEURE)

ALLÉE les 6 p'tit diables a 4 pattes
SÉBASTIEN viendra vous débranchez
CLIK CLIK CLIK CLIK CLIK CLIK
bougé pas SÉBASTIEN a tous ta l'heure.
ALLÉE respirer les 6 p'tit diables et ce soir
vous passée la soirée avait vaux coussin et
oui on vous laisse seuils avez tous
 vaux coussin comme ça vous allée
enfin passée 1 bon moment et bien
entendu ils faudra que vous soyés avez
 vaux chemise de nuit poulet et oui
 soirée en chemise de nuit poulet
uniquement aver vaux coussin

chapitre 16 retour au taf

GHROUM

ALOR les 6 p'tit diables sa été votre
week-end en tous cas on vient de
 recevoir les photos.ET on et content
de vous vu les photos vous avez bien
 mangé et les rapports séxuélles semble
 s'être super bien passé en plus on na
2 bonne nouvelles l'équipe LOUSTIC
ne vive plus chez grand numéro 4 et
grand numéro 8.2 dont on leur a laissé le
 choix ils sont refusé de vous prendre tous
 les 6 ils sont pris les 5 partient qui était
en salle aseptique. ON vous a écouté et
puis on n'a plus de place et oui on n'a pas
 pris les 5 partient en salle aseptique
 dans 1 de no équipe étant donné que
nous somme à la limite et oui c'est sa
avoires plus de 6 équipe avec autant de
 responsabilité ils faut savoir dit non pour de bonne raison

CHAPITRE 17 EQUIPE GRAND NUMÉRO 4

ALLEZ les garçons et oui ça fait deja
 1 semaines que vous s'étre arrivée et en
plus vous n'avez pas rechuté et vous étre pas
retombé malade.ALLÉE destination la perche ça vous

 fera du bien d'être dehors en plus ils
fait beaux et si vous s'étre   sages vous
aurez le droit de vous baigner.OUI grand
numéro 4 je pense qu'on va devoir discuter
 je te rappelle que j'ai l'obligation
de t'accompagne pas contre on   prend
 les boîtes de suppositoires, pas de discussion.
MAIS dit moi   mon amour on prend pas
 les façons d'éducation de l'équipe LE RET
 j'espère NONNNNN sa va pas je te prévien
je ne me trompe pas avec nos enfants ils faut
pas abuser non plus certe MUDOUME
et SÉBASTIEN LE RET trompe LK aver
leurs p'tit diables et les autres équipes qui

compose leurs grande équipe ça les regarde
mais je t'assure que je ne te trompe pas
même pour 1 histoire de bites large mon
grand numéro 8 en tout cas j'espère que
c'est claire voilà pourquoi on ne prend plus
les p'tit diables à dormir à la maison comme
ça plus de crie et des demande de
 rapport séxuélles avez les 6 p'tit diables

CHAPITRE 18 EQUIPE ENCRENOIR

L'équipe ENCRENOIR.OUI vous finissez
 à 13h00 vous avez encore des heures
supplémentaires. PAS possible on passe
plus de temps à s'occuper des p'tit diables
que de.ON vous rappelle que les p'tit diables
 dorme ici environ 8 mois sur 12 dont sur
votre lieux de travailles.OK et puis de toutes
façons l'équipe LES 4 JUMEAUX MALEFISQUE
 ont aussie des heures a récupéré il parte à 15h
et puis on ne vous demande pas vaux avis c'est
nous les BOSS si ça ne vous convient pas.
DONNÉ vaux démission.Allez demain

50 MINUTES PLUS TARD BUREAU DES BOSS

NON mais ta vu ALPHONSE pour qui se prend t'ils voilà qu'ils rejette leurs heures
supplémentaires.TA raison ÉDOUARD mais nous aussie on pourrait prendre 2 ou 4
jours de vacance ça fait 5 mois qu'ont boss 7/7 on pourrais o moin prendre 2 heures
de congé.Ta raison demain on va au restaurant toi et moi uniquement y' en a marre de
travailler sans prendre du bon temps

CHAPITRE 19 les 6 diablotin

ALLÉE les gro dommages on iva
OUI TONTON allée vous allée loupé le p'tit
déjeuner.PLOUFF les voilà tous partie
vers toi ANUBIS BIEN reçu BRAS DE
MÉTAL ILS viennent d'arriver je te
 les renvois dé qu'ils ont fini par contre
je m'occupe de faires les machines a

lavé en contrepartie.SA tombe bien
je déteste faires les machine a lavé
et ce soir c"est qu'elle équipe qui vient
nous relever.L'ÉQUIPE LES 4 JUMEAUX MALLÉFISK
et n'oublie pas qu'on va cette après-midi
à la plage.OUI ça fait 11 fois que tu me le
rappelle bon je me résigne pas contre pas de sieste pour les 6 diablotins

CHAPITRE 20 LES BEAUX GOSSES

ALLEZ debout les gars oui je sais ils et 6h50 mais on commence

le service à 7h30 OUI je sais c'est compliqué le matin

GHROUM ALLES

les beau gosses on iva sauf toi tu va chez les BOSS

GHROUM

MERDE j'ai fait quoi GHROUM RESPIRE GHROUM

BONJOUR BEAU GOSSE reste
 calme on na 2 bonne nouvelles et 1
mauvaise d'abord la mauvaise.
TU ET VIRÉE mais avant voici ta
 promotion mais.TU ET VIRÉE de
 ton ancien poste avant et oui on na
besoin d'un secrétaire dont ton poste
actuelle saute et tu devient secrétaire
à temps complet tout comme les 3
autres beaux gosses eux ils l'ont eu
1 semaine avant toi et oui C EST l'idée de ALPHONSE.

CHAPITRE 21 L EQUIPE ANGE NOIR

YO l'équipe ANGE NOIR alors vous
êtes prés.OUI PARFAIT pas contre
on part en mer pour 5 mois et oui

seuil les équipe LE RET et l'équipe FUSION font pouvoir nous rejoindre pas
téléportation et oui.ALLÉE mes loulous.MON AMOUR heureusement que tu te
leve avant moi pas contre l'équipe ANGE NOIR les 4 numéro 9 sont avec nous pour
le voyage.

(2 HEURES PLUS TARD)

WOUHA ET oui le nouveaux bateaux
bien plus grand que le précédent
 en tous cas vou aurez de la place
  pour dormir et au moins on ne
sera pas les 1 sur les autres l'avantage
et beaucoup moins d'inconvénient contre
je vous préviens il est possible que
les 6 p'tit diables vienne dormir 1 ou 3 nuit

CHAPITRE 22 LES 4 JUMEAUX MALÉFIQUE

GHROUM MERCIE anubis GHROUM

plouff heureusement   qu'on avait
des heures supplémentaires ça va.
HUGO super fatigué en tous cas ils
ne nous font pas énormément de cadeaux
.J' ai retrouvé la trace du salaud qui a tué
nos parent ils se trouve à l'unité pour malade
 difficile de RENNES il était 1 des blessé dans
 l'attentat qui a frappé la clinique
 JEANNE LE RET et c'est nos parent
adoptif ils l'ont soigné ils ya 4 ans
d'une tumeur non opérable il a 68 ans.
ALLAN mais pourquoi LUKAS sa suffir
 tu aurais tu nous en parler avant de te lancer
à la recherche de cette ordure en plus on ne
sait pas si il a toute sa tête et a t'il commie
d'autres Crime ça on n'en a aucune idée.

CHAPITRE 23 EQUIPE SAMOURAÏS

LES gars on iva oui on na rdv avec l'équipe
 PALAUD et en plus on va devoir travailler

dans l'auberge et l'hôtel en plein mois d'avril.
OK SAMOURAÏS mais on pourrait quand
même prendre 1 café avant de partir enfin
YARANE et YVON   j'aimerais savoir
comment vous fait pour toujour être positif
malgré tous ceux qui se passe en ce moment.
C'est simple on ce dit ils ya pires que cela et
 on imagine toi sur encore plus pire.BON les
garçons p'tit frère daccord pour 1 bon café pas
contre je vous préviens IVONOTUSE et YVON
vous passée devant YARANE tu et au milieu de
 nos 2 équipes et si t'es sage d'aura le droit a ton
rapport séxuélles sans préservatif.

CHAPITRE 24 EQUIPE FUSION

BON les gars. OUI fussion c'est super génial mais
 la c'est stop demain on a rdv avec
 l'équipe LE RET Pour changer les calendrie
 il serait bien que vous passiez 1 peu plus de
temps avec vaux neveux et désormais
je m'occupe de la liaison avec les équipe
LE RET en contre parti je vous demande
de bien vous occuper de vos neveux et non
que de vaux coussins. ILS font avoires 5 ans
donc pas de comédie pour les couches et pour
les lavés je vous ai laissé 5 ans tranquille
dont maintenant je vous demande d'assumer
 vos responsabilités en tant que oncle
j'espère m'être bien fait comprendre.

CHAPITRE 25 EQUIPE ANGEVIN

GHROUM

ALLEE équipe ANGEVIN on va
 finir pas être en retard allée les muet
 toujour les dernier heureusement que
nous avons prévu 1h25 minutes d'avance
sinon on serait dans la merde YURA p'tit
SEB tan pis de toutes façon on va chez
 l'équipe LE RET vous allez pouvoir vous
amuser les 6 p'tit diables sont trop sage et
 SÉBASTIEN LE RET et MUDOUME n'ont
pas le droit de leurs mettre des fessée

déculotté LK a donné des instruction
claire IL faut dire que la dernière raglées
dès 6 p'tit Diables ils sont   fini avec des
plâtres sur les cuisses et on devait les laver
sans mouiller les plâtres de protection on
se souvient sur tous lorsqu'on devait les
mettre des suppositoires, on était 4 sur
chaque p'tit diables. ANUBIS comment
ce fait t'il que FUSION sois énervé en ce
moment.Bonne question je suis dans son
équipe mais je ne le vois pas tous les jours
En ce moment il bosse énormément.

CHAPITRE 26 EQUIPE PALAUD

ALLES les 4 numéro 9
faut y'aller les 2 DIALETE font rentrée
des course et en plus on na tous les équipe
qui vienne mangé ce soir dont on ne
 sais pas a quelle heure vous serez au
lit les 6 p'tit diables et l'équipe
ANGE NOIR seront en chemise de
 nuit mode POULET SAUTÉ et
cette nuit vous pourrez aller a fond
 niveaux séxuélles et intération séxuélles.
PÈRE TONTON on revient dès course
ont a tous acheté mais   ils ya des
contrôleurs sanitaires.ON s'occupe
d'eux resté la et préparé les équipement
 pour ce soir pas de bagarre ou d'engueulade.

(5 HEURE PLUS TARD)

BONNE nouvelles les gars le control
sanitaire c'est très bien passée peut
reprendre la mise en place pour ce
soir bon   aucun problème a déclaré
 on et pour les chambres c'est les
 chambres de 1 à 15 les 6 p'tit diables
ont l'interdiction de se balader dans
 l'hôtel et l'auberge sans surveillance
OUI PÈRE

composition de couverture C O U D RIN

DÉPÔT LÉGAL 7 OCTOBRE 2 0 2 2

9 782494 451094